Para Andréa, Paulinha, Zazá e Cacá, que me ajudam a buscar as bolas que vão para longe.

© Antonio Vicente Martins, texto, 2020
© Moa Gutterres, ilustrações, 2020

Direitos da edição reservados à Libretos.
Permitida apenas a reprodução parcial e somente se citada a fonte.

Edição e Design Gráfico
Clô Barcellos

Revisão
Célio Klein

Grafia segue Acordo Ortográfico da Língua Portuguesa de 1990, adotado no Brasil em 2009.

Dados Internacionais de Catalogação na Publicação
Bibliotecária Daiane Schramm – CRB-10/1881

M386m   Martins, Antonio Vicente
              O muro da casa amarela. / Antonio Vicente Martins; ilustrações de Moa Gutterres. – Porto Alegre: Libretos, 2020.
              24p.; il.
              ISBN 978-65-86264-15-9
              1. Literatura infanto-juvenil. 2. Conto. 3. Futebol. 4. Amizade. 5. Imaginação. I. Gutterres, Moa; il. II. Título.
                                                    CDD 028.5

Libretos
Rua Peri Machado, 222 bloco B/707
Bairro Menino Deus – Porto Alegre/RS
Brasil – CEP 90130130
www.libretos.com.br
libretos@ibretos.com.br

Antonio Vicente Martins

O muro da casa amarela

Ilustrações
Moa Gutterres

Porto Alegre, 2020

A casa do meu pai ficava em um pequeno pedaço plano de uma rua cercada de morros por vários lados.

E a gurizada aproveitava aquele oásis para jogar futebol no final da tarde e conversar, sentada no muro da casa amarela...

Eles eram adolescentes que se encontravam no final da tarde quase todos os dias. Eu era uma criança que ficava no meio dos mais velhos por ser metido e, principalmente, por ter um irmão maior.

Também deixavam eu ficar por ali porque era eu quem buscava a bola quando ela era chutada para longe e descia rápida um dos morros que nos cercavam.

Naqueles idos dos anos setenta era possível jogar bola na rua. Os carros eram mais escassos. A gente se preocupava em evitar jogos em frente a casas de cachorros brabos e de vizinhas menos tolerantes com nossas habilidades futebolísticas ou com a falta delas.

Mas não é daquele tempo que quero falar. É de muito tempo antes.

Quero falar da história que eles contavam e que povoava a imaginação daquele menino de 7 anos que transitava no mundo dos adolescentes.

Era a história do goleiro que morreu jogando.

Eles contavam com drama, detalhes e pormenores que encantavam o menino que adorava futebol.

Sei que provavelmente a história seja falsa, mas para mim ela ainda está presente e é a mais absoluta verdade.

Lara era o nome do goleiro. Era goleiro do Grêmio. Jogava no estádio da Baixada, um velho estádio com arquibancadas de madeira em uma zona nobre da cidade que crescia naqueles anos de 1930.

O futebol ainda engatinhava como uma paixão nacional. Naquele tempo as regatas e o ciclismo eram mais populares na cidade.

A Baixada ficava ao lado do Prado, era um lugar de movimento na cidade.

E Lara jogou por quinze anos no Grêmio. Conta a história que ele era uma legenda, um gigante de uma técnica e coragem diferenciadas.

Lara estava doente, muito doente, uma tuberculose tinha lhe destruído os pulmões.

E continuava jogando.

Um dia, uma final de campeonato contra o Internacional, que já era o maior adversário do Grêmio, e foi marcado um pênalti.

O batedor era o próprio irmão de Lara, que tinha um chute muito potente e nunca havia errado uma penalidade máxima.

Lara defendeu o chute de seu irmão, que teria dito que a defesa tinha sido por sorte.

"Sorte!"

Lara devolveu a bola para o atacante e disse:

"Chuta de novo!"

O pênalti foi chutado de novo.

Lara caiu abraçado na bola,
que não entrou.

Lara não se levantou.

Dois dias depois, o seu sepultamento paralisou a cidade, que, comovida, se despediu do seu ídolo.

A história era contada com requintes de crueldade na emoção para a minha imaginação infantil.

O menino viajava naquela história.

Ainda hoje enxergo Lara e suas defesas na velha Baixada que não conheci.

E lembro do muro da casa amarela, onde eu ficava sentado ouvindo de olhos arregalados aquela história de amor e morte no futebol.

A cidade não tem mais estádios de futebol com arquibancadas de madeira. A cidade não tem mais muros de casas amarelas onde os meninos sentam e ficam conversando no final da tarde.

A cidade não tem mais campos de futebol nas calçadas.

Eu não sou mais um menino.

Mas Lara permanece lá.

Ele é um gigante dentro da goleira.
E ele defende o último chute contra sua meta.
Lara passeia comigo no campo, me leva para arquibancadas de estádios em que nunca entrei.

E ainda estou sentado no muro da casa do vizinho, ouvindo a conversa dos mais velhos.

Eu ainda sou um menino.

"Não chuta a bola pra longe, senão eu é que tenho que buscar lá embaixo do morro!"